AF364007

TABLEAUX ANCIENS

ET MODERNES

Pastels - Aquarelles - Dessins

Vente du Jeudi 27 Mars 1902

EXPOSITION PUBLIQUE

Le Mercredi 26 Mars 1902

DE 2 H. A 5 H. 1/2

CATALOGUE

DES

TABLEAUX ANCIENS

ET MODERNES

Dessins - Pastels - Aquarelles

DONT LA VENTE AURA LIEU

HOTEL DROUOT, SALLE 9

Le Jeudi 27 Mars 1902

A DEUX HEURES 1/2

Mᵉ LÉON TUAL	M. VANNES
Commissaire-Priseur	*Expert*
56, rue de la Victoire	54, Faubg Montmartre

EXPOSITION PUBLIQUE

Le Mercredi 26 Mars 1902

DE DEUX HEURES A CINQ HEURES ET DEMIE

CONDITIONS DE LA VENTE

———

Elle sera faite expressément au comptant. Les acquéreurs paieront *dix pour cent* en sus des enchères.

Paris. — Imprimerie Ménard et Chaufour, 8-10 rue Milton.

DÉSIGNATION

TABLEAUX ANCIENS

BOUDEWYNS et P. BOUTS

1 — *Vue d'un port animé de nombreux petits personnages.*

Signé à gauche.

ÉCOLE FRANÇAISE DU XVIIIe SIÈCLE

2 — *Portrait de Mme de Parabère, en nymphe dans un paysage.*

Cadre ancien en bois sculpté.

3 — *Portrait d'Adrienne Lecouvreur.*

HAGEN (Joris van den)

4 — *Vue de la Haye.*

SENAVE (attribué à)

5 — *Jeune femme à sa toilette.*

VAN VENNE

6 — *Le Sermon sur la montagne.*

Grisaille sur panneau.

DESSINS ET PASTELS ANCIENS

7 — *Vue de Hollande.*

Gouache. Cadre ancien en bois de rose.

BONNET

8 — *Jeune femme.*

DUCREUX

9 — *Portrait de la duchesse d'Abrantès.*

ÉCOLE ALLEMANDE DU XVIe SIÈCLE

10 — *Paysage.*

ÉCOLE ITALIENNE DU XVIe SIÈCLE

11 — *Projet de monument à François Ier.*

ÉCOLE FRANÇAISE DU XVIIIe SIÈCLE

12 — *Un Seigneur.*

Sanguine.

13 — *Etude de main.*

14 — *Paysage d'Italie.*

LEPICIÉ (attribué à)

15 — *Chanteurs des rues.*

WATTEAU, DE LILLE (attribué à)

16 — *Jeune Femme.*

TABLEAUX MODERNES

ZIEM (?)

17 — *Poissons.*

APPIAN

18 — *Bords du Rhône.*
Signé.

BEAULIEU

19 — *Vision d'Orient.*
Signé.

BEERS (Van)

20 — *Buveur,* d'après F. Hals.

BOUDIN (Eugène)

21 — *Une Vache,* sur panneau.

21 (*bis*) — *Un Ane,* sur panneau.

BOULARD (Auguste)

22 — *Marine.*
Initialé.

23 — *Chaumière aux bords de la mer.*

CLÉSINGER

24 — *Paysage d'Amérique.*

CONSTANT (Benjamin)

25 — *Le Harem.*

Signé.

26 — *Un Canal à Venise.*

Signé.

FLANDRIN (Hyppolite)

27 — *La Fille de Iaïre.*

Initialé.

FORAIN

28 — *Loge de danseuse.*

Très curieuse peinture sur tambourin, signée.

FRANÇAIS (Louis)

29 — *L'Etang en forêt.*

Initialé.

GERVEX (Henri)

30 — *Baigneuses.*

Signé.

HERVIER

31 — *Les Chaumes à Chaponval.*

Fin tableau de la meilleure manière de l'artiste, signé et daté.

HUMBERT (Ferdinand)

32 — *L'Enlèvement de Déjanire.*

Signé et daté.

LAVIEILLE (Eugène)

33 — *Le Verger.*

34 — *Au Pâturage.*

35 — *Lisière de bois.*

36 — *L'Hiver.*

LÉPINE (attribué à)

37 — *Bords de rivière.*

Attribution sérieuse en raison de la fraîcheur et de la puissance de cette petite toile.

MICHEL (Georges)

38 — *La Plaine Saint-Denis, effet d'orage.*

Beau tableau de la dernière manière de l'artiste.

39 — *La Vallée de Chevreuse.*

Étude sur carton.

MONTICELLI

40 — *Les Baigneuses.*

Peinture sur panneau, signé à gauche, jolie qualité.

RENAN (Ary)

41 — *La Mer de Bretagne.*

Signé.

RIBOT (Th.)

42 — *Diogène.*

Signé.

STÉVENS (Alfred)

43 — *Marine.*

Signé.

SAUZAY

43 *bis* — *Important paysage.*

Sans cadre, signé.

DESSINS, AQUARELLES ET PASTELS

BESSON (J.-L.)

44 — *Paysanne.*

Pastel.

BONHEUR (Rosa)

45 — *Deux Taureaux.*

Vente Rosa Bonheur, n° 1108.

BOUDIN (Eugène)

46 — *La Plage.*

Aquarelle.

47 — *Vue de Rotterdam.*

Aquarelle.

48 — *Etude de ciel.*

Deux pastels dans un même cadre, vente Boudin, n° 261.

49 — *Ciel d'orage.*

Pastel.

CAZIN (J.-C.

50 — *La Dune.*

Dessin signé.

CHAM

51 — *Type parisien.*

CHAPLIN

52 — *Trois études de femme.*

CHÉRET (JULES)

53 — *Montmartroise.*

Sanguine, vente LAZARE-WEILER.

54 — *La Révérence.*

Sanguine.

COROT

55 — *Paysage.*

Dessin, signé à droite, vente BOUDIN (n° 282).

DELACROIX (EUGÈNE)

56 — *Deux saints,* projet pour un vitrail.

Vente DORIA, catalogué dans ROBAUT.

DE SENNE

57 — *Léda,* d'après LE CORRÈGE.

Aquarelle.

DUPRÉ (Jules)

58 — *Dessin*.

Initialé.

FALGUIÈRE

59 — *Le Martyr chrétien*.

Dessin du marbre du Luxembourg, initialé.

FORAIN

60 — *Le Foyer de l'Opéra*.

Aquarelle signée, avec dédicace.

61 — *Danseuse*.

Dessin à la plume.

62 — *La Toilette*.

Dessin au crayon bleu.

GAVARNI

63 — *Le Petit cocher*.

Vient de l'atelier du peintre Bouton.

64 — *Le Bal*.

Important dessin.

GUILLAUMET

65 — *Ouled-Naïl*.

Dessin initialé.

GUYS (Constantin)

66 — *La Rencontre*.

Aquarelle.

67 — *Espagnole*.

HERVIER

68 — *Soleil couchant à Compiègne.*

Jolie aquarelle signée.

69 — *Ferme à Saint-Germain.*

Signé.

70 — *Types de Paris.*

Dessin signé et dédicacé.

NANTEUIL (Célestin)

71 — *Croquis italiens.*

Signé.

RAFFAELLI (S.-F.)

72 — *En banlieue.*

Dessin.

REGNAULT (Henri)

73 — *Croquis d'Espagne.*

Neuf dessins dans un cadre, vente Haro.

ROCHEGROSSE (Georges)

74 — *La Visite.*

Dessin.

SCHWAB (Carles)

75 — *L'Apparition.*

Aquarelle signée.

TEN CATE

76 — *Bruges.*

Pastel.

77 — *Rotterdam.*

Pastel.

WATTIER

78 — *Le Concert.*

Vente CHENNEVIÈRE.

WILLETTE

79 — *La Leçon de flûte.*

Dessin.

80 — *Bataille d'amours.*

Dessin.

81 — *L'Enterrement de Pierrot.*

Dessin pour le célèbre tableau de l'artiste.

ZANDOMÉNÉGHI

82 — *Femmes au bain.*

Dessin signé.

GRAVURES

83 — *La Source* d'Ingres.

Encadrée.

84 — *La Joconde, par Calametta.*

Encadrée.

85 — *Les Fables de la Fontaine.*

Suite des Gustave Moreau, gravés par BRACQUEMOND. Encadrée

86 — Tableaux et dessins omis.